Um dia a alma Transborda

Editora Natália Ortega
Editora de arte Aline Santos
Produção editorial Bárbara Gatti, Jaqueline Lopes, Renan Oliveira e
Tâmizi Ribeiro
Revisão Pedro Siqueira e Letícia Nakamura
Capa Marcus Pallas
Ilustrações Amanda Carla e Shutterstock Images

Dados Internacionais de Catalogação na Publicação (CIP)
Angélica Ilacqua CRB-8/7057

L568u
    Leme, Marina
      Um dia a alma transborda / Marina Leme. — Bauru, SP :
Astral Cultural, 2021.
      208 p. : il., color.

    ISBN 978-65-5566-195-8

    1. Poesia brasileira 2. Desenvolvimento pessoal I. Título

21-5190   CDD B869.1

Índices para catálogo sistemático:
1. Poesia brasileira

ASTRAL CULTURAL EDITORA LTDA.

BAURU
Avenida Duque de Caxias, 11-70
8º andar
Vila Altinópolis
CEP 17012-151
Telefone: (14) 3879-3877

SÃO PAULO
Rua Major Quedinho, 111 - Cj. 1910,
19º andar
Centro Histórico
CEP 01050-904
Telefone: (11) 3048-2900

E-mail: contato@astralcultural.com.br

Um dia a alma Transborda

Marina Leme

astral
cultural

Ter disciplina para chegar aonde você quer é a forma mais forte de demonstrar amor para si mesmo.

Sarosh

Recíproco, saudável,
mentalmente leve
e que dure o quanto
tenha que durar.

Você não é
sensível demais
nem está
exagerando.
Se está doendo,
assim está.
É isso. Não minimize
a sua dor só
porque o outro
não a entende.

Melhor ir do que ficar
e estar longe da sua
paz mental.

IGNORE E DESEJE BOA SORTE PARA TODOS AQUELES QUE UM DIA DISSERAM QUE VOCÊ NÃO CONSEGUIRIA

DE AGORA EM DIANTE,
QUERO SER UMA
PESSOA MEDICINAL.
O MUNDO JÁ ESTÁ
MUITO CHEIO
DE PESSOAS TÓXICAS.

Não é tarde demais. Ainda é tempo de

PROCURAR.

* * * * *

Encontre algo novo que faça

O SEU CORAÇÃO VIBRAR.

♡ ♭ ♡ ♡ ♡

Levante a cabeça, enfrente e

SIGA EM FRENTE.

→ → → →

Te desejo tudo de bom,
pois não sou do tipo que
deseja o mal para quem
já o tem enraizado
dentro do peito.

Há uma grande diferença

entre desistir por desinteresse

e desistir por perceber que você

merece mais.

É preciso mais

amor-próprio,

mais autocuidado,

autoestima elevada

e saúde mental.

Em um mundo de
constantes tempestades,
ter alguém para chamar
de porto seguro
é um incrível privilégio.

Se te faz bem, siga a
tua intuição...
Ninguém precisa
entender as tuas
escolhas.

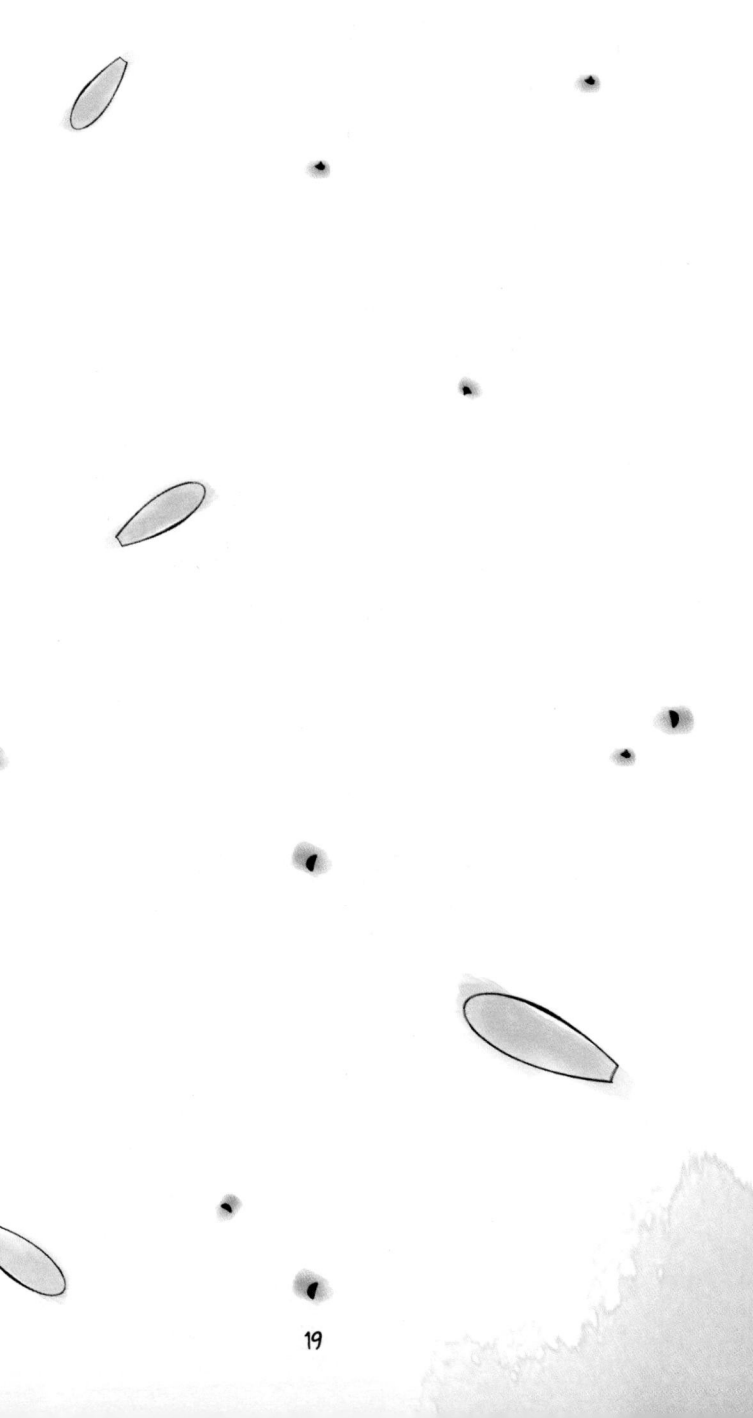

Deixar ir não significa
DEIXAR DE SENTIR.

Não se joga fora
UM AMOR

que levou um tempo
PARA SE CONSTRUIR.

Você merece um amor tranquilo,
um trabalho que se pareça com um hobby,
uma saúde mental fluindo sem batalhas
e um coração livre de sentimentos
em forma de migalhas.

NEM TODO MAL
QUE PASSAMOS
É QUESTÃO DE
MERECIMENTO,

NA MAIORIA DAS
VEZES, SÃO APENAS
APRENDIZADO E
AMADURECIMENTO.

Esteja com pessoas que te entendam e apreciem a sua companhia

Sonhar é gostoso, mas você já teve a experiência de acordar sem saber se estava vivendo um sonho ou se tudo era realidade?

A conexão que temos

com certas pessoas

pode ser considerada

uma das coisas

mais lindas da vida.

Não te culpo
por não ter me
valorizado.

Infelizmente, a vida
não te preparou para a
intensidade.

Minha paz mental prefere
não saber de nada,
mas a minha ansiedade
quer saber de tudo com
um milhão de detalhes.

Algumas pessoas
fazem parte da viagem,
mas é só isso.
Elas não são
o destino final.

Amor-próprio é dizer:
"Eu não mereço isso".
E não se arrepender de ter salvo
o próprio coração ao tomar uma decisão.

Quando você não souber o que fazer
ou quando tudo parecer perdido,
respire fundo
e acalme-se...
Muitas vezes, a resposta
de que você tanto precisa
virá do seu próprio coração.

Gostoso mesmo é o poder
do acaso. Sem ensaios ou
combinados...

APENAS UMA INCRÍVEL
E LINDA COINCIDÊNCIA.

o mundo está repleto de lugares e pessoas incríveis. Olhe ao redor.

Uma mente aberta sempre viverá experiências extraordinárias.

Nunca é tarde para começar
algo novo. Recomece!
Você é capaz de brilhar
até mesmo em caminhos
desconhecidos.

Gostoso mesmo é saber se

valorizar

a ponto de entender o que

é muito

e parar de aceitar o que é

tão pouco.

Fique solteira

até que você conheça alguém

que não tenha tempo para

joguinhos e que seja sempre

honesto com você.

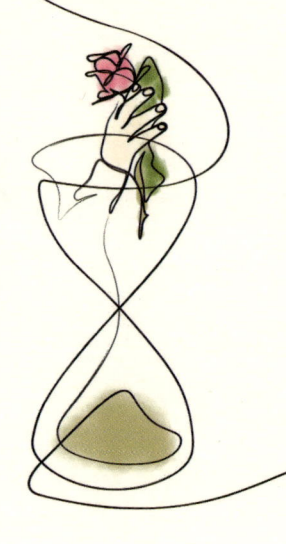

Fique solteira

até conhecer uma pessoa

que tenha certeza do que quer

e que não deixe dúvidas

em relação aos sentimentos

que tem por você.

O conceito de "dar certo" nem sempre é casar, ter filhos e envelhecer ao lado de alguém perfeitamente incrível.

Às vezes, é sobre se tornar uma lembrança de uma pessoa especial, que nunca julgou sua atitude quando você precisou se reconstruir para recomeçar.

Dar certo também é chegar
ao fim e perceber que,

SE VOCÊ ESTÁ
FELIZ, SUA VIDA
NÃO PODE SER
CONTADA COMO
UM ERRO.

NOTA MENTAL:

planejar, fluir,
controlar, mudar
e aceitar.
Repetir o processo
quantas vezes for preciso.

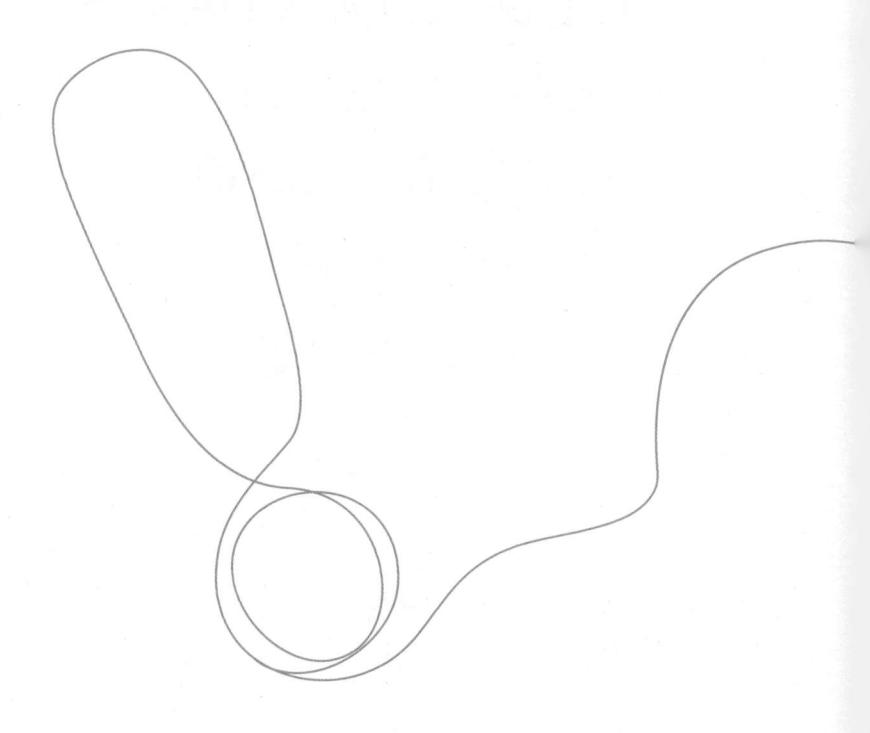

AVISO DE EMERGÊNCIA:

Em situações de insatisfação,
rompa com o medo e diga adeus.

Você não pode ouvir a sua
alma enquanto está ocupada
demais dando atenção aos
barulhos da sua mente.
Respire fundo e foque no que
realmente importa.

A diferença entre

me fazer sentir

nojo e me causar

decepção

é simples:

o nojo passa,

mas a decepção, não.

Se quiser cruzar

essa linha,

boa sorte...

Será uma viagem

sem volta.

Não aceite migalhas
de quem não tem
mais nada a lhe oferecer.
Você é muito para
merecer o mínimo.

DIZER O QUE
PENSA É LEGAL,
MAS JÁ CONHECEU
ALGUÉM QUE FAZ
O QUE DIZ?
É MUITO DIFERENTE.

seque essas lágrimas e olhe os detalhes, a vida ainda vai te surpreender.

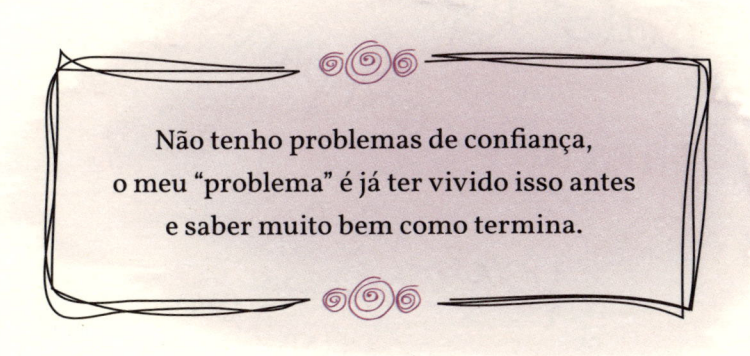

Não tenho problemas de confiança,
o meu "problema" é já ter vivido isso antes
e saber muito bem como termina.

O detalhe mais importante que uma companhia pode te dar é, sem dúvida, a segurança.

Acostume-se a vencer em silêncio,
nem todo mundo gosta de acordar
ao som da vitória alheia.
E lembre-se: a sua vibração interna
é sempre mais importante
do que a externa.

A GENTE CRESCE OUVINDO QUE PERDÃO É LINDO, E DE FATO É, MAS VOCÊ NÃO PRECISA CONVIVER COM A PESSOA PELO RESTO DA VIDA. PERDOE E LIBERTE-SE.

Nunca viva em função
da aprovação alheia,
nem se importe
com julgamentos.
Até o maior
casamento do mundo
desagradou alguns.

Se estiver tudo bem,
estarei contigo,

mas, independentemente da maré,
saiba que pode contar sempre comigo.

NOT A MENTAL

Aprenda a
não insistir em pessoas
que não fazem questão
de te ver sorrir.

Não pague o mal com mal,
deixe a vingança pra lá e
demonstre que você é
mais inteligente,
que no seu coração
não mora rancor
e que você é capaz de
seguir em frente,
mesmo quando
o mundo tenta te puxar
para trás.

DESEJE COISAS
INCRÍVEIS
E VIBRE ATÉ
MESMO POR
PESSOAS
DESCONHECIDAS,

MAS SAIA
DE PERTO DE
QUEM, MESMO
ESTANDO PRÓXIMO,
NÃO TORCE
POR VOCÊ.

Desapegue-se de

tudo aquilo

que te faz mal,

mesmo que,

às vezes, te faça

um pingo de bem.

Torço até para
os amigos
que não são
mais tão próximos.

* * * *

Não é porque a rotina
nos distanciou que
eu não deseje uma
vida incrível
para todos eles.

Ninguém se cansa de amar demais.
Mas todos se cansam de esperar demais
por quem sempre quis e fez de menos.

ÀS VEZES, ME
PEGO SORRINDO
E PENSO

NO QUANTO
SOU FELIZ
AO SEU LADO.

Acorde com a determinação
de mudar o mundo e incentive
pessoas. O mundo precisa ser
reflorestado com as

sementes de um coração
magnífico igual ao seu.

Uma
mensagem
carinhosa,
um áudio de cuidado
ou uma ligação antes
de dormir fazem uma
grande diferença.

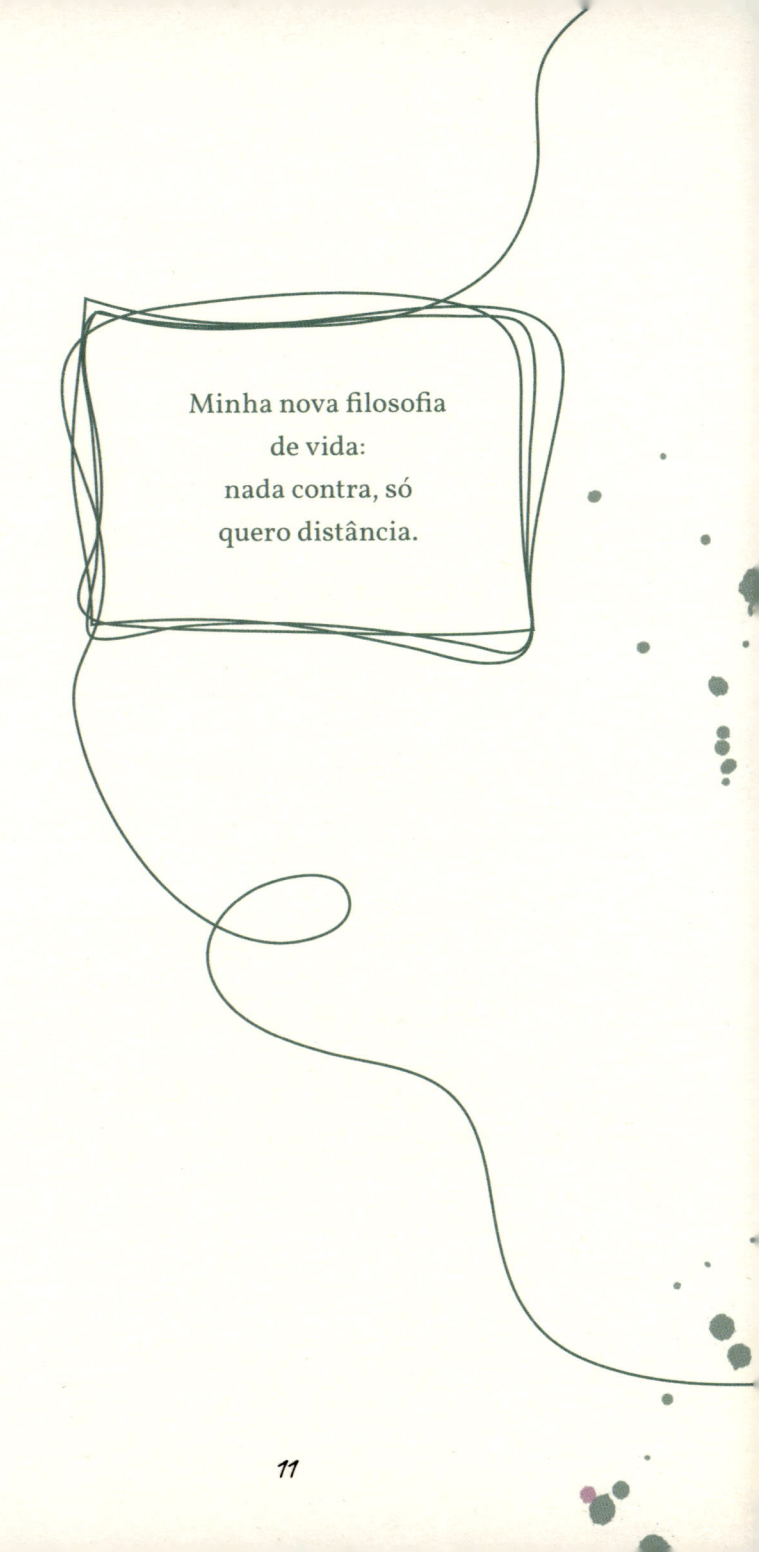

Minha nova filosofia
de vida:
nada contra, só
quero distância.

NÃO FOI AMOR À
PRIMEIRA VISTA.
FORAM OS DETALHES.
E ESSES MESMOS
DETALHES
FAZEM O NOSSO
AMOR FLORESCER,
DIA APÓS DIA.

Você não merece
viver no looping interminável
de um desamor desconfortável.

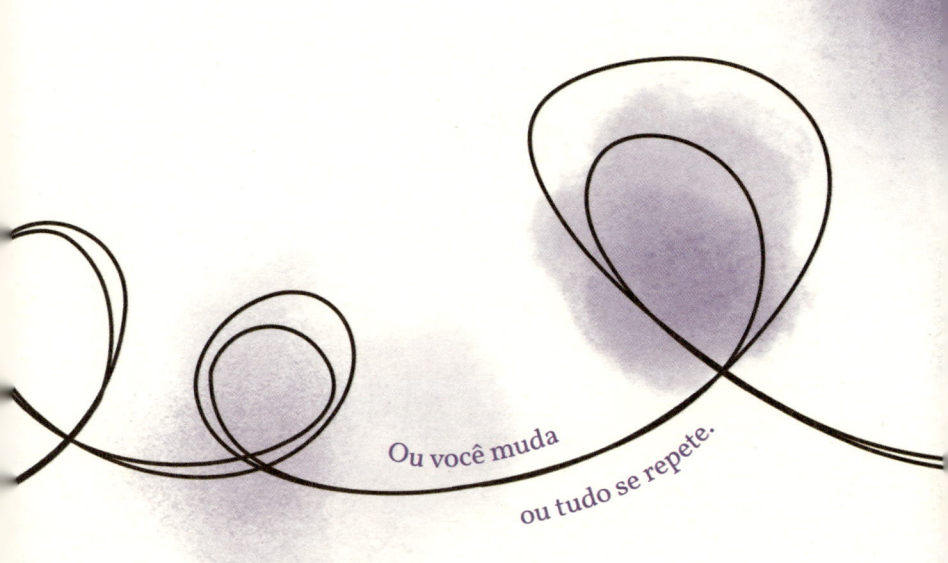

Ou você muda

ou tudo se repete.

Para mim, amor
tem que ser
como café:
forte, quente
e diário.

Há quem diga que
nenhum mal dura
mais do que cem anos,
mas isso é um engano.
Você pode morrer
a qualquer momento.
Portanto, trate de
se reconciliar
com a sua paz
o quanto antes.

Algumas turbulências chegam para clarear a nossa visão sobre tudo o que é realmente importante em nossa vida.

Amizade é

UM TESOURO.

Valorize

os amigos

que fazem

parte da sua

FORTUNA.

você ficará encantada com
a infinidade de coisas
incríveis que chegarão

em sua vida quando
finalmente você perceber
que merece muito.

Triste por nunca receber flores,
percebeu que a magia de
florescer e renascer
sempre esteve dentro de si.

CONTE COMIGO, MESMO
QUANDO VOCÊ JÁ ESTIVER
CANSADA DE ERRAR AS
CONTAS DE QUANTAS
VEZES PRECISOU DA AJUDA
DE ALGUÉM.

Nada volta a ser o mesmo duas vezes. Nem o amor, nem as pessoas e muito menos a vida.

Tudo na vida é temporário.
Se as coisas estão como
você deseja, desfrute.
Mas, se não estão,
respire fundo e saiba que

toda tempestade

é passageira.

Que a insegurança nunca te impeça de **acreditar** que você merece ser imensuravelmente feliz.

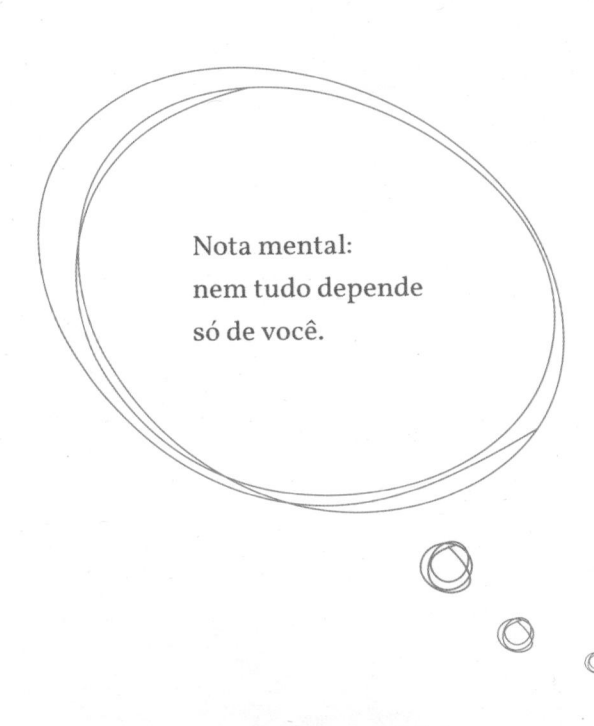

Nota mental:
nem tudo depende
só de você.

Eu não me arrependo
do amor que lhe dei,
porque certamente você
precisava mais dele
do que eu.

Quando a vida ficar uma
bagunça, lembre-se:
você sempre pode se

PERDOAR E
RECOMEÇAR.

Confiança não é como gato
para ter sete vidas.
Não pise na bola com quem
moveria o mundo por você.

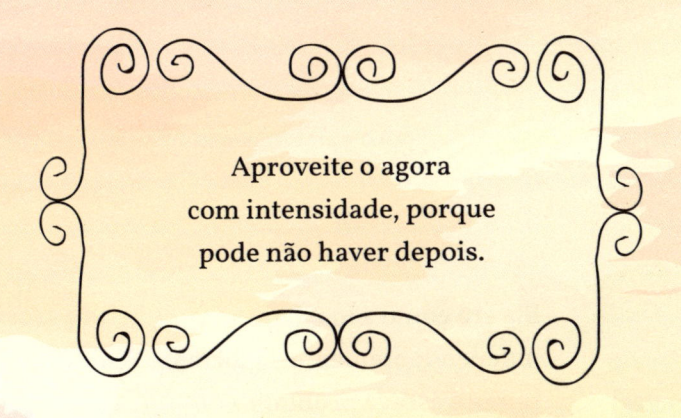

Aproveite o agora
com intensidade, porque
pode não haver depois.

Ela era como a lua:
independentemente da forma,
sempre estava pronta
para brilhar por
mais uma noite.

Amor em conta-gotas
nunca me agradou.
Ou transborda
ou se retire.

Valorizar os pequenos
e lindos detalhes que
quase ninguém percebe
é o segredo para viver
eternamente feliz.

NÃO TE ESQUECI,
MAS HOJE
O RECÍPROCO TEM
ME INTERESSADO
MUITO MAIS.

O meu caminho
pode até ser
diferente,
mas isso nunca
quis dizer que
estou perdida.

Não espere que as
coisas melhorem
de uma hora pra outra. A vida
sempre será complicada.

Aprenda a ser feliz
independentemente
da intensidade
da tempestade.

É maravilhoso quando
você se diverte com
uma pessoa, olha para
ela e pensa: "Que bom
que te conheci".

Uma vez que
desativo
as notificações,
game over...
É um caminho
sem volta.
E quem perde
nunca sou eu.

FUJA DE AMORES QUE

TE ENCANTAM,

MAS CUJAS ATITUDES

TE CONFUNDEM.

Ficar carente e querer alguém
tóxico é como ter vontade de beber
um copo de veneno só porque
estamos com sede.

Se te julgam
até mesmo
sem te conhecer,
imagine só

quando descobrirem
que todo o teu
brilho é só a ponta
do iceberg?

Você vai admirar
muita gente
durante a vida,
mas nunca deixe
de priorizar e admirar
a pessoa incrível
em que você está
se transformando.

ÀS VEZES,
UMA DECEPÇÃO
É A MELHOR MANEIRA
DE A VIDA FAZER
UMA LIMPEZA
NO SEU CORAÇÃO.

NÃO, EU NÃO SOU CRUEL.
Apenas aprendi a usar
mais o cérebro
e menos o coração.

Que seja sempre
por querer...
e não por falta
de opção.

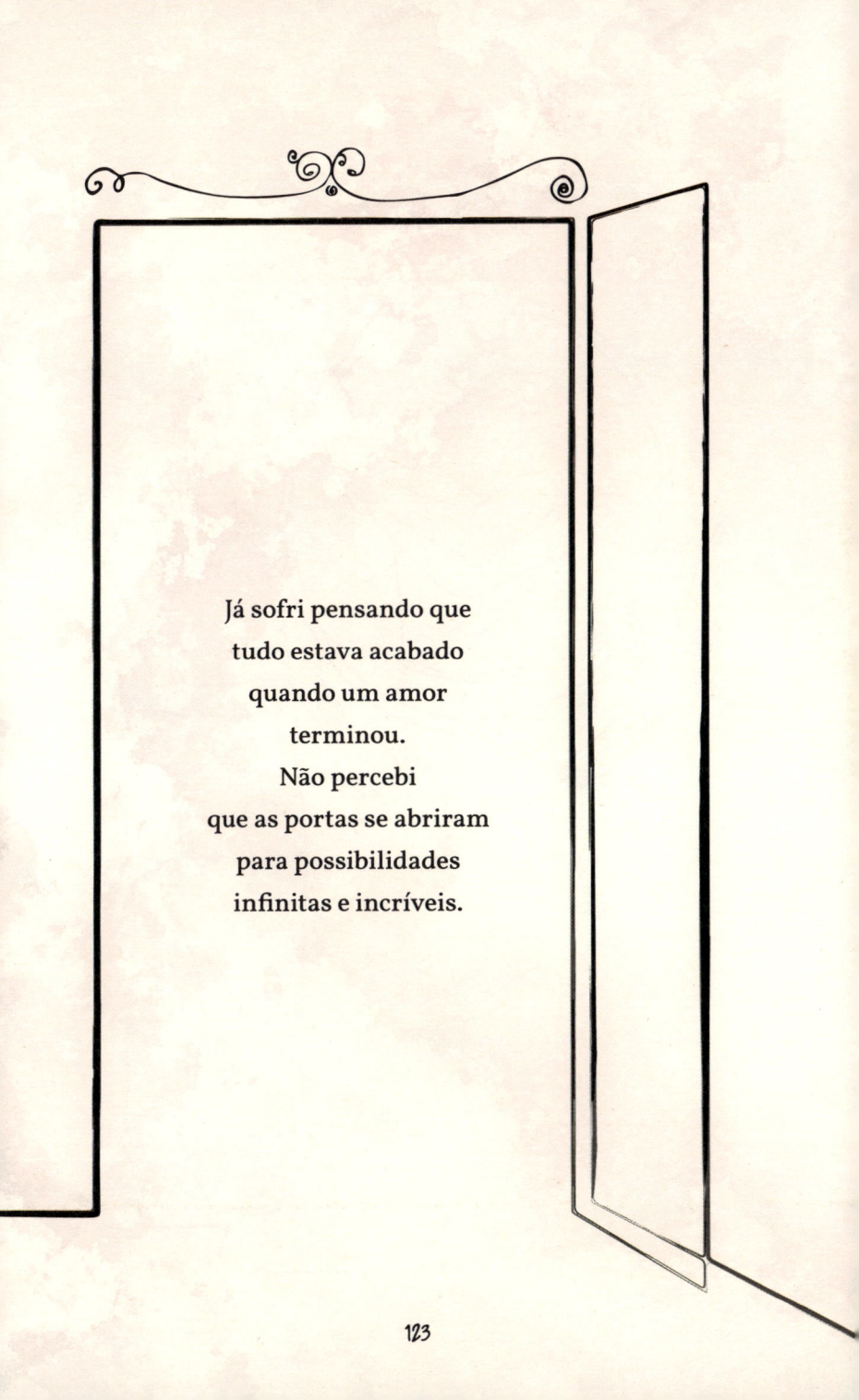

Já sofri pensando que
tudo estava acabado
quando um amor
terminou.
Não percebi
que as portas se abriram
para possibilidades
infinitas e incríveis.

Minha avó sempre dizia:
Quando você aprender a enxergar
a felicidade em estar sozinha,

MENINA, VOCÊ SERÁ
INDESTRUTÍVEL.

O interesse em
se fazer desinteressante
separa mais as
pessoas do que
a própria distância.

ESTAR COM PESSOAS
ERRADAS PODE FAZER
COM QUE SINTA
QUE HÁ ALGO DE
ERRADO COM VOCÊ.

Prefira viver sentindo o
vento no rosto e
o frio na barriga

a sentir câimbras nos
pés por nunca ter

corrido atrás de

sonhos ou aventuras.

Pare de perder o sono
por pessoas que, lá no fundo,
você sabia muito bem que
eram passageiras.
Esqueça e siga viagem.
O melhor está por vir.

Enquanto alguns lhe deixam ir,
outros farão de tudo para
tê-la por perto.
Atente-se aos sinais
e faça boas escolhas.

Pare de sustentar o insustentável.
Chegou a hora de viver a vida
de uma maneira ilimitável.

Ter química com alguém
é um caminho sem volta.
Quanto mais você tenta
abrir mão, mais o coração
diz não. E não solta.

"

ME ENCANTO
PELO JEITO
QUE AS PESSOAS
ME TRATAM.

POUCO ME IMPORTAM BENS MATERIAIS, IMPORTANTE MESMO É O QUE VEM DO CORAÇÃO.

"

Você dita os limites.
Ninguém vale
a sua paz mental.
Muito menos
o seu descontrole.

Não espere tanto
dos outros.
Nem todo mundo
transborda
tantas coisas boas
como você.

Abandone hábitos, mentalidade,
relacionamentos e crenças
que já não fazem mais
sentido em sua vida.
É libertador deixar para trás
tudo aquilo que não nos
leva para frente.

Qualquer pessoa que
te regue com
bondade e te faz
florescer é uma pessoa
que vale a pena ter por perto.

Aprenda a enxergar
aprendizado
em suas falhas.

Existe um último dia
para todas as coisas.
Demonstre amor,
antes que seja
tarde demais.
Morra de saudade,
mas nunca volte
ao que te feriu.

VOCÊ DESCOBRE
QUE ENCONTROU A
PESSOA CERTA
QUANDO OS SEUS
PIORES MEDOS
DESAPARECEM
DENTRO DE UM
ABRAÇO APERTADO.

Fique com quem
levante sua
AUTOESTIMA
PARA O CÉU

e mostre com orgulho
ao mundo o quão
INCRÍVEL É VOAR
AO SEU LADO.

Amadurecer é
deixar de insistir
e entender que amar
não é implorar.

Se não é algo
que alimenta a minha
paz, não me interessa.
Estou aqui para o amor
e para a felicidade.
E não para a guerra.

Amigos de verdade estão sempre dispostos a chacoalhar você de volta para a realidade e lembrá-la da sua força e de quem você é quando à tempestade estiver cobrindo os seus olhos.

Se amar é como
brincar com fogo,
sempre me apaixonei
no meio do incêndio.

um trabalho que
te deixa infeliz
pode afetar
outros aspectos
da tua vida.

Uma relação perfeita
se resume somente
a uma coisa:
honestidade.

156

Não queira forçar as coisas.
Se o lugar é teu, tudo irá fluir,
e o encaixe será

perfeito.

Muitas vezes, a vida nos pede que
encerremos ciclos, pois, quando
decidimos quebrar nossa ponte, só
nos resta caminhar para a frente.

Afaste para longe do teu coração tudo aquilo que te machuca e libere espaço para que as coisas boas possam chegar e te

fazer florescer.

Cuide-se! Olhe para você com
mais respeito e carinho.
Feche ciclos que não a alegram
e pare de viver em função
daquilo que sufoca sua mente,
enfraquece sua alma e faz
doer seu coração.

Se for olhar
para trás, que seja
para agradecer o
quanto sua vida
já se transformou.

Cuidar de você deve ser sempre a sua prioridade.

Enxuguei as lágrimas
ao perceber que a
vida não estava
tirando você de mim,
estava me fazendo
um grande favor.

NÃO SE FAÇA EM PEDAÇOS POR ALGUÉM

QUE ESTÁ INTEIRO
SEM VOCÊ.

Não foi sua culpa.
Você apenas não tinha
as ferramentas necessárias
para identificar desamores
que iriam machucá-la.
Liberte-se.

Teu esforço,
tuas escolhas,
teus caminhos,

tuas imperfeições;
tudo está
conectado.

Nada deixa um gosto tão amargo na boca quanto as coisas que nunca chegamos a provar.

Posso ter meus defeitos,
mas, quando eu considero alguém...
meu querido, essa pessoa terá sempre

{ o melhor de mim }

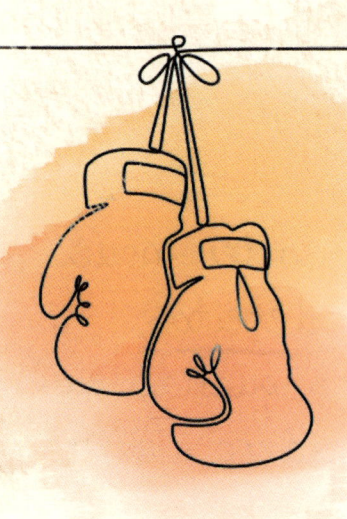

Estou em um nível de plenitude avançado.
Não brigo com quem quer brigar,
não me importo com quem não se importa e,
acima de tudo, tiro o meu coração de cena
contra quem quer tirar a minha paz.

QUANDO O DESAMOR
TOMAR CONTA
DOS SEUS
PENSAMENTOS,
RECOLHA A SUA
DIGNIDADE
E DEIXE PARA TRÁS
A RAIZ DO SOFRIMENTO.

176

Quando temos plena certeza de nossas atitudes, não precisamos perder o sono refletindo sobre o que pensam a nosso respeito.

A tua melhor
vingança é seguir
em frente e tratar
de melhorar tanto
a tua vida a ponto

de não querer
nunca mais voltar
atrás para abraçar
aquilo que um dia
te fez mal.

Que você nunca apague
essa maneira tão linda de ver a vida.
Que você sempre brilhe mais do que o sol
e ilumine corações alheios carentes de bondade.
E nunca se esqueça:
você é maravilhosa demais
para não iluminar o mundo com tanto brilho.

Tudo mudou quando decidi
seguir o padrão de beleza
DE ME SENTIR BEM.

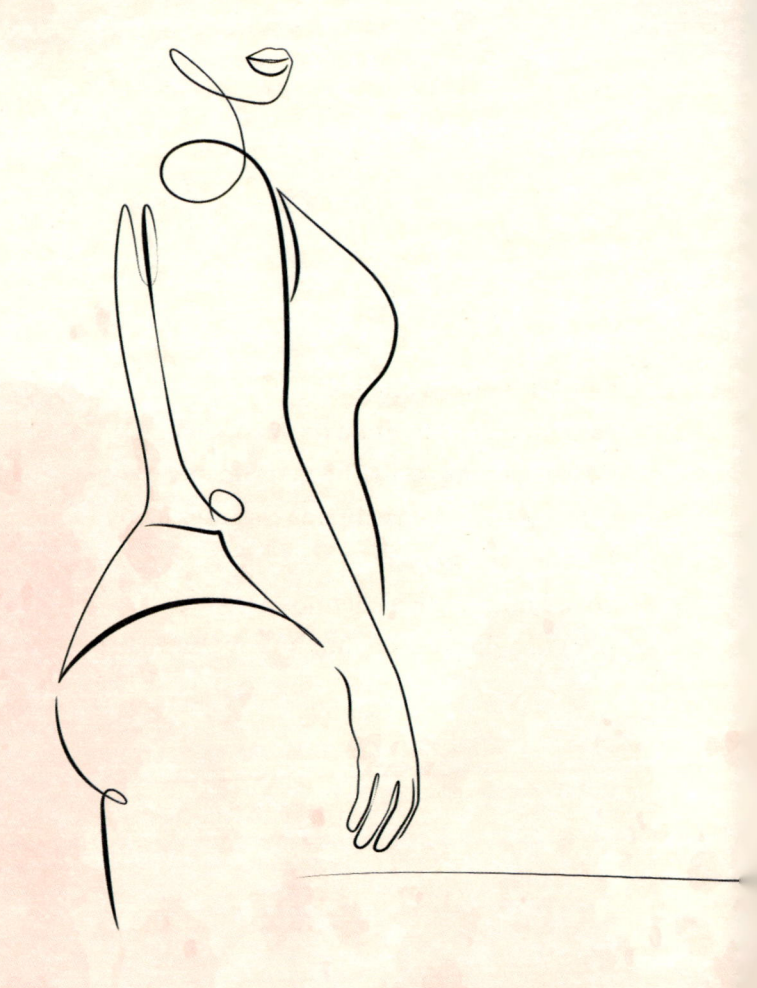

Desde então, o coração
ficou mais leve

E A MINHA VIDA TAMBÉM.

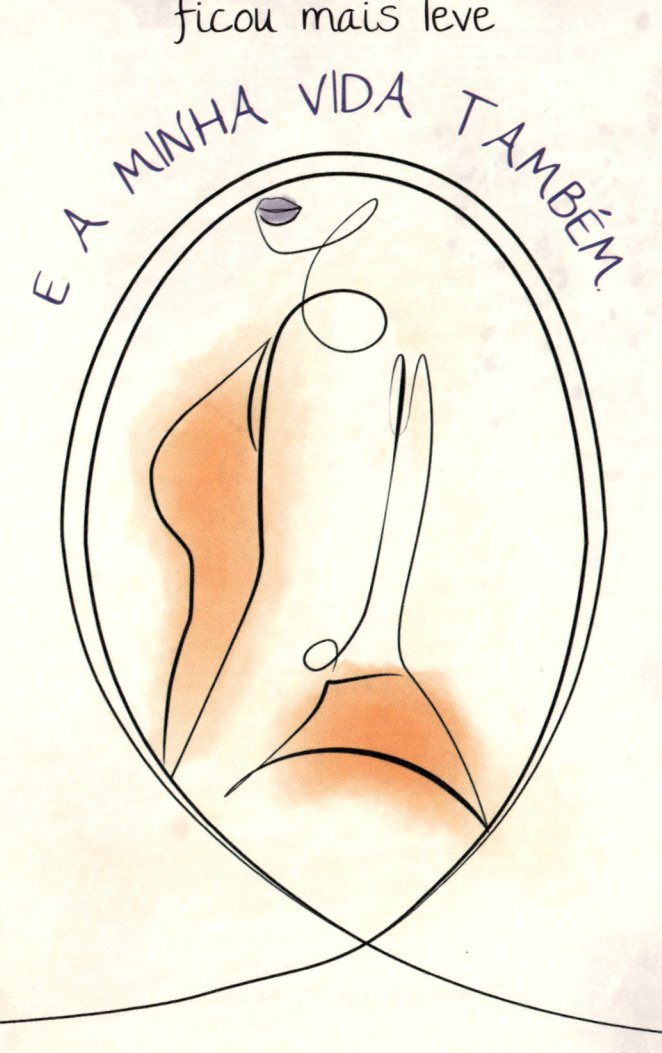

Existem pessoas
dispostas
a te esperar
por dois anos.

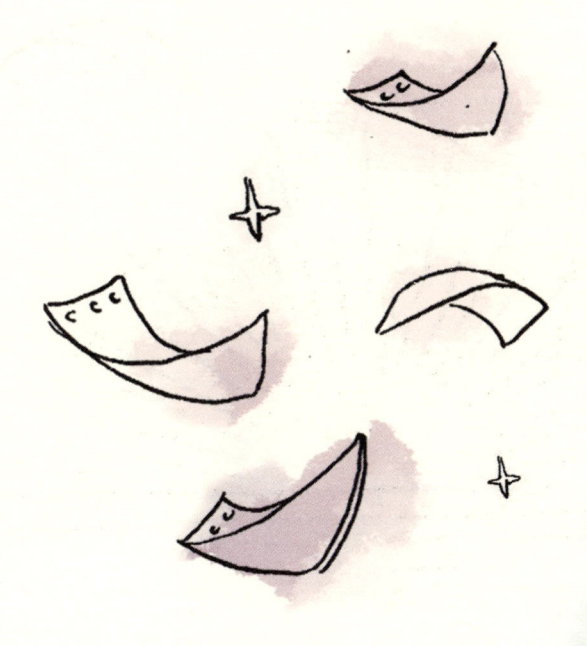

E outras que te esquecem em apenas dois dias. Essa é a diferença.

Diariamente, a vida nos contempla
com inúmeras oportunidades
para nos tornarmos uma versão
melhor de nós mesmos. Desperte!
Chegou a sua hora de vencer.

A VIDA É
MUITO PRECIOSA
PARA ESTAR
COM ALGUÉM
QUE NÃO SABE O
SEU VALOR.

Espero que você não
precise sacrificar a sua
saúde mental por
um salário.

Nos contos de fadas, quem lhe socorreria seria um príncipe, mas nos tempos modernos pode ser uma amiga ou uma terapeuta, mas principalmente você mesma. Não espere ninguém chegar para tentar salvar o seu castelo.

Você é arte.

E quem não sabe
admirá-la, sinto muito,
mas está perdendo

uma incrível oportunidade
de contemplar um raro
exemplo de

força e luz.

Imagine o azar que deve dar
só de pensar em maltratar
uma pessoa que a vida mandou
para te salvar.

NÃO ROMANTIZE
NEM PERCA TEMPO
COM PESSOAS QUE
SÓ TE DÃO ATENÇÃO
QUANDO NÃO TÊM
OUTRAS COISAS
PARA FAZER.

Quando for amor, você vai saber.
Pois tudo o que implorou
a vida inteira para receber
será dado a você de um jeito

IMENSAMENTE

MAIOR.

Desconfio bastante de você, pois também sei ser romântico com as palavras, mesmo sem sentir nada.

NÃO SE CALE.
A FALTA DE
COMUNICAÇÃO
ABRE ESPAÇO PARA
UMA TERRÍVEL
IMAGINAÇÃO.

Tive muitos desamores até entender que,

para ter amor,
também é
preciso ter paz.

Quando criança, eu queria ter o poder de voar, mas, agora que cresci, o único superpoder que faz sentido para mim seria voltar ao passado para ter a chance de dar um último abraço naqueles que nunca deixei de amar.

Demonstrar pouco nem
sempre é não sentir.
Algumas atitudes podem
gritar alto como o amor
deve funcionar.

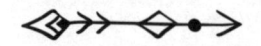

NÃO SE ARRISCAR
POR MEDO DE
FRACASSAR
É A MAIOR
SABOTAGEM
QUE VOCÊ PODE
FAZER CONSIGO
MESMA.

Gostoso é
se apaixonar
por quem se importa.
Não existe nada mais
poderoso e atraente
do que me fazer
sentir importante.

Primeira edição (fevereiro/2022)
Papel de miolo Ivory Cold 75g
Tipografias Vollkorn e The Girl Next Door
Gráfica Santa Marta